हनुमान भजन

जिनके मन में हैं श्री राम, जिनके तन में हैं श्री राम, जग में सबसे हैं वो बलवान, ऐसे प्यारे न्यारे मेरे हनुमान।

आरती कुमावत

1.

कभी भी अपने भक्त को, करते नहीं निराश।
पवन तनय करते सभी, विपदाओं का नाश।।

2.

कार्य सफल होते सभी, करें जो उनका ध्यान।
साथ कभी न छोड़ते, रामभक्त हनुमान।।

3.

हमको आंख दिखा सके, किसकी है औकात।
संग रहें हनुमान जी, दिन हो या फिर रात।।

4.

अर्पण खुद को कर दिया, हनुमत तेरे द्वार।
तुम ही अब माता -पिता, तुम ही अब सरकार।।

5.

रामभक्त कितने बड़े, मांगा गया प्रमाण।
छाती फाड़ दिखा दिए, ह्दय बसे हैं प्राण।।

6.

कष्ट सदा हरते सभी, देते हैं आशीष।
वायु पुत्र कोई कहे, कोई कहे कपीश।।

क्रम-सूची

क्रम-सूची

क्रम-सूची

प्रस्तावना

1. तुलसी रामहु तें अधिक, राम भगत जियें जान।

रिनिया राजा राम में, धनिक भए हनुमान॥

तुलसी कहते हैं कि श्री राम के भक्त को राम जी से भी अधिक समझो। राजराजेश्वर श्री रामचंद्र जी स्वयं ऋणी हो गए और उनके भक्त श्री हनुमान जी उनके साहूकार बन गए (श्री राम-जी ने यहाँ तक कह दिया कि मैं तुम्हारा ऋण कभी चुका ही नहीं सकता)।

भूमिका

2. *किये सुसेवक धरम कपि, प्रभु कृतग्य जियँ जानि।*

जोरि हाथ ठाढ़े भए, बरदायक वरदानि॥

श्री हनुमान जी ने एक अच्छे सेवक का धर्म ही निभाया। परंतु यह जानकर वर देने वाले देवताओं के भी वरदाता महेश्वर श्री भगवान् हृदय से ऐसे कृतज्ञ हुए कि हाथ जोड़कर हनुमान जी के सामने खड़े हो गए (कहने लगे कि हे हनुमान्! मैं तुम्हारे बदले में उपकार तो क्या करूँ, तुम्हारे सामने नज़र उठाकर देख भी नहीं सकता)।

पावती (स्वीकृति)

हनुमत तेरे भक्त जन , सुलग रहे चहुँओर।
कर दो ऐसा अब जतन, मिटे विपद घनघोर।।

पवनतनय संकट हरण , अब सुन लो अरदास।
निज भुजबल की लाज रख, करूँ विनती मैं दास।।

तेरी किरपा से प्रभू , बन जाते सब काज।
ध्यान तोड़ अब तो सुनो ,जनजन की आवाज।।

पथ कोई दिखता नहीं , चित्कारों का शोर।
लेटे मृत्यु शैय्या पर , दिखे भीष्म चहुँओर।।

महावीर फिर एक बार , संजीवनी दो लाय।
विषव्याधि इह रावण को ,फिर से दियो जलाय।।

हे कपीश अब कोप हरो , त्यागो पत्थर देह।
भक्तों का अनुनय सुनो , बरसाओ अब नेह।।

ब्रह्मा विष्णु महेश को , हारी लगा गुहार।
लहुलुहान आतप ह्रदय, आई शरण तिहार।।

रुद्र एकादश शिव प्रिय , हो राम ह्रदय के हार।
त्रिभुवन स्वामी को मना, पहुँचा विनय हमार।।

कर जोरी विनती करूँ , तोड़ो अपना ध्यान।
कहिं ऐसा न हो जाए, बचे न तन कोई प्राण।।

आमुख

<u>हनुमान जी की आरती</u> :-

॥ श्री हनुमंत स्तुति ॥

मनोजवं मारुत तुल्यवेगं,
जितेन्द्रियं, बुद्धिमतां वरिष्ठम्॥
वातात्मजं वानरयुथ मुख्यं,
श्रीरामदुतं शरणम प्रपद्धे॥

॥ आरती ॥

आरती कीजै हनुमान लला की।
दुष्ट दलन रघुनाथ कला की॥

जाके बल से गिरवर काँपे।
रोग-दोष जाके निकट न झाँके॥
अंजनि पुत्र महा बलदाई।
संतन के प्रभु सदा सहाई॥

आरती कीजै हनुमान लला की॥

दे वीरा रघुनाथ पठाए।
लंका जारि सिया सुधि लाये॥
लंका सो कोट समुद्र सी खाई।
जात पवनसुत बार न लाई॥

आरती कीजै हनुमान लला की॥

लंका जारि असुर संहारे।
सियाराम जी के काज सँवारे॥
लक्ष्मण मुर्छित पड़े सकारे।
लाये संजिवन प्राण उबारे॥

आरती कीजै हनुमान लला की॥

पैठि पताल तोरि जमकारे।
अहिरावण की भुजा उखारे॥
बाईं भुजा असुर दल मारे।
दाहिने भुजा संतजन तारे॥

आरती कीजै हनुमान लला की॥

सुर-नर-मुनि जन आरती उतरें।
जय जय जय हनुमान उचारें॥
कंचन थार कपूर लौ छाई।
आरती करत अंजना माई॥

आरती कीजै हनुमान लला की॥

जो हनुमानजी की आरती गावे।
बसहिं बैकुंठ परम पद पावे॥
लंक विध्वंस किये रघुराई।
तुलसीदास स्वामी कीर्ति गाई॥

आरती कीजै हनुमान लला की।
दुष्ट दलन रघुनाथ कला की॥

1

हनुमान चालीसा

<u>हनुमान चालीसा</u> :-

<u>दोहा</u> :-

श्रीगुरु चरन सरोज रज निजमनु मुकुरु सुधारि।
बरनउँ रघुबर बिमल जसु जो दायकु फल चारि।।
बुद्धिहीन तनु जानिके, सुमिरौं पवन-कुमार।
बल बुधि बिद्या देहु मोहिं, हरहु कलेस बिकार।।

<u>चौपाई</u> =

जय हनुमान ज्ञान गुन सागर।
जय कपीस तिहुं लोक उजागर।।

रामदूत अतुलित बल धामा।
अंजनि-पुत्र पवनसुत नामा।।

महावीर विक्रम बजरंगी।
कुमति निवार सुमति के संगी।।
कंचन वरन विराज सुवेसा।
कानन कुण्डल कुंचित केसा।।

हाथ बज्र औ ध्वजा बिराजै।
काँधे मूँज जनेऊ साजै।
शंकर सुवन केसरीनंदन।
तेज प्रताप महा जग वन्दन।।

विद्यावान गुणी अति चातुर।
राम काज करिबे को आतुर।।
प्रभु चरित्र सुनिबे को रसिया।
राम लखन सीता मन बसिया।।

सूक्ष्म रूप धरि सियहिं दिखावा।
विकट रूप धरि लंक जरावा।।
भीम रूप धरि असुर संहारे।
रामचंद्र के काज संवारे।।

लाय सजीवन लखन जियाये।
श्रीरघुबीर हरषि उर लाये।।
रघुपति कीन्ही बहुत बड़ाई।
तुम मम प्रिय भरतहि सम भाई।।

सहस बदन तुम्हरो जस गावैं।
अस कहि श्रीपति कंठ लगावैं।।
सनकादिक ब्रह्मादि मुनीशा।
नारद सारद सहित अहीसा।।

जम कुबेर दिगपाल जहां ते।
कवि कोविद कहि सके कहाँ ते।।
तुम उपकार सुग्रीवहिं कीन्हा।
राम मिलाय राज पद दीन्हा।।

तुम्हरो मंत्र विभीषन माना।
लंकेश्वर भये सब जग जाना।।
जुग सहस्र योजन पर भानू।
लील्यो ताहि मधुर फल जानू।।

प्रभु मुद्रिका मेलि मुख माहीं।
जलधि लांघि गये अचरज नाहीं।।
दुर्गम काज जगत के जेते।
सुगम अनुग्रह तुम्हरे तेते।।

राम दुआरे तुम रखवारे।
होत न आज्ञा बिनु पैसारे।।
सब सुख लहै तुम्हारी सरना।
तुम रक्षक काहू को डरना।।

आपन तेज सम्हारो आपै।
तीनों लोक हांक तें कांपै।।
भूत पिसाच निकट नहिं आवै।
महाबीर जब नाम सुनावै।।

नासै रोग हरै सब पीरा।
जपत निरंतर हनुमत बीरा।।
संकट तें हनुमान छुड़ावै।
मन क्रम वचन ध्यान जो लावै।।

सब पर राम तपस्वी राजा।

तिनके काज सकल तुम साजा।
और मनोरथ जो कोई लावै।
सोई अमित जीवन फल पावै।।

चारों युग परताप तुम्हारा।
है परसिद्ध जगत उजियारा।।
साधु-संत के तुम रखवारे।
असुर निकंदन राम दुलारे।।

अष्ट सिद्धि नौ निधि के दाता।
अस वर दीन जानकी माता।।
राम रसायन तुम्हरे पासा।
सदा रहो रघुपति के दासा।।

तुम्हरे भजन राम को भावै।
जनम-जनम के दुख बिसरावै।।
अन्त काल रघुबर पुर जाई।
जहाँ जन्म हरि-भक्त कहाई।।

और देवता चित्त न धरई।
हनुमत सेई सर्व सुख करई।।
संकट कटै मिटै सब पीरा।
जो सुमिरै हनुमत बलबीरा।।

जै जै जै हनुमान गोसाईं।
कृपा करहु गुरुदेव की नाईं।।
जो सत बार पाठ कर कोई।
छूटहिं बंदि महा सुख होई।।

जो यह पढ़ै हनुमान चालीसा।
होय सिद्धि साखी गौरीसा।।
तुलसीदास सदा हरि चेरा।

कीजै नाथ हृदय महँ डेरा।।

दोहा =

पवनतनय संकट हरन, मंगल मूरति रूप।
राम लखन सीता सहित, हृदय बसहु सुर भूप।।

हनुमान जी के भजन

1. *<u>कारोबार मेरो बालाजी चलावे</u> :-*

कारोबार मेरो बालाजी चलावे
महरी बेलेंस शीट बालाजी बणावे
जीमे कदे भी घाटों आवे ना

कारोबार मेरो बालाजी चलावे
महरी बेलेंस शीट बालाजी बणावे

मैं तो कीर्तन में रम जाऊँ
मेरी गद्दी पे बाबो विराजे
म्हाने चिंता फिकर फिर क्या की
घोटे वालो है जद म्हारे सागे
लेणे देणे को हिसाब
राखे हाथा में ही जमा
मेरी रोकड़ियो रोज मिलावे जी
मिलावे जी
कारोबार मेरो बालाजी चलावे
म्हारी बेलेंस शीट बालाजी बणावे

मेरे धंधे लागत कुछ ना
पर भीर भी है मुझको समाई
मैं तो बैठ्यो मौज उड़ाऊँ
करूँ राम नाम की कमाई
मेरो साथी लखदातार
सदा भरया रवे भंडार

मेरी विपदा में साथ निभावे जी
निभावे जी
कारोबार मेरो बालाजी चलावे
म्हारी बेलेंस शीट बालाजी बणावे

कारोबार मेरो सांवरो चलावे
मेरी बैलेंस शीट खुद ही बणावे
इमे कईया घाटो आवे जी
आवे जी
कारोबार मेरो साँवरो चलावे
मेरी बैलेंस शीट खुद ही बणावे

अन्न धन लक्ष्मी का दाता
मेरो बाबो है सालासर वाला
मैं हर्ष भला के सोचूं
मेरी बगिया को है यो रखवाला
मेरे बाबा वाह के बात
रद्द दिया मेरे सर पर हाथ
मेरो पग पग पे साथ निभावे जी
निभावे जी
कारोबार मेरो साँवरो चलावे
मेरी बैलेंस शीट खुद ही बणावे

कारोबार मेरो साँवरो चलावे
मेरी बैलेंस शीट खुद ही बणावे
जीमे कदे भी घाटों आवे ना
कारोबार मेरो बालाजी चलावे
महरी बेलेंस शीट बालाजी बणावे

2. जय हनुमान तुझसा ना है कोई जग में :-

जय हनुमान जय हनुमान
जय हनुमान जय हनुमान

भक्त ना हनुमत कोई
तुझसा है देखा
तेरी ना कोई तुलना
शीश नवाए
श्री राम के चरणों में
जिसका है कोई मूल ना

सिया राम के काज सवाँरे
श्री लक्ष्मण जी के प्राण उबारे
जो लंका को एक क्षण में जलाये
वो है मेरे हनुमान

जय हनुमान जय हनुमान
जय हनुमान जय हनुमान
तुझसा ना है कोई जग में
सर्व शक्तिमान

केसरी नंदन हे दुख भंजन
तोरे बिना ना मोरा कोई सहारा
नईया है बजरंगी मोरी हाथ तुम्हारे
दिखलाओ मोहे इक पार किनारा

असुर दल को मार गिरावे

सीने में सिया राम दिखावे
माता अंजनी के है ये लाल

जो निगल सूरज को जावे
पंच मुखी अवतार दिखावे
हाथ में पर्वत को ले आवे
वो है मेरे हनुमान

जय हनुमान जय हनुमान
जय हनुमान जय हनुमान
तुझसा ना है कोई जग में
सर्व शक्तिमान

सूक्ष्म रूप धरे
हर मुश्किल को हल करे
मैं कष्ट में होता हूँ
तू कष्ट संहार करे

जब भी दुनिया ठुकरावे
तूही स्वीकार करे
देव बलिहारी शंकर अवतारी
मुझ पर रखना एहसान

सिया राम के काज सवाँरे
श्री लक्ष्मण जी के प्राण उबारे
जो लंका को एक क्षण में जलाये
वो है मेरे हनुमान

जय हनुमान जय हनुमान
जय हनुमान जय हनुमान
तुझसा ना है कोई जग में
सर्व शक्तिमान

3. बालाजी म्हारा कष्ट निवारो जी :-

बालाजी म्हारा कष्ट निवारो जी
दुखड़ा का म्हारा हाँ म्हणे आन उबारो जी ।।

बालाजी प्रभु रामजी का प्यारा जी
म्हारी विनती सुनलीजो बाबा थाने पुकारा जी।।

लंका में जाकर आग लगायी जी
सागर में जाकर के बाबो पूछ बुझाई जी।।

थाने राम की धुन अच्छी लागे जी
सूती किश्मत बाबा थारे नाम से जागे जी।।

दुखड़ा मैं बाबो दौड़ो ही आवे जी
हम सब पर मेहर करो थारी गावा जी
पंकज पर मेहर करो थारी महिमा गावा जी।।

बालाजी म्हारा कष्ट निवारो जी
बालाजी म्हारा कष्ट निवारो जी
दुखड़ा का म्हारा हाँ म्हणे आन उबारो जी ।।

4. तूने लंका जलाई करामात हो गई :-

लांघे सात समंदर ओये क्या बात हो गई
तूने लंका जलाई करामात हो गई
आये बन के धुरंधर ओये क्या बात हो गई
तूने लंका जलाई करामात हो गई

बाग़ उजाड़ा सारा नक्शा बिगाड़ा लंका को बनाया अखाड़ा
देख रावण ये नज़ारा हुआ गुस्से में लाल
स्वर्ण नगरी का मेरी किया किसने ये हाल
आया कहाँ से ये बन्दर ओये क्या बात हो गई
तूने लंका जलाई करामात हो गई

मेघनाथ आया के बंदी बनाया दरबार में बजरंग लाया
देख कैसा तुझे दंड देते हैं हम

पूँछ इसकी जला दो ये सुनाया हुकुम
उड़ गए पूँछ जली लेकर ओये क्या बात हो गई
तूने लंका जलाई करामात हो गई

लंका जलाई तबाही मचाई बजरंग ने शक्ति दिखाई
भागे बयभीत होके राक्षस इधर से उधर
रखते पैरों को कुंदन थे बजरंग जी पर
छुप गए सारे अंदर ओये क्या बात हो गई
तूने लंका जलाई करामात हो गई

5. जन्म उत्सव आपका हम आज मनाएंगे :-

जन्म उत्सव आपका हम आज मनाएंगे
झूमेंगे नाचेंगे और खुशियां मनाएंगे
के *Many Happy Returns of the day*
बाबा हैप्पी बर्थडे

चन्दन की चौकी पे हम बाबा तुम्हे बिठाएंगे
गंगा के पावन जल से बाबा को नहलाएंगे
भावों के पुष्पों से हम बाबा तुम्हे सजायेंगे
नज़र कहीं ना लग जाए कला टीका लगाएंगे
सिंगार बड़ा ही पावन है लगता बड़ा मन भावन है
लाल लंगोटा बाबा तुमको हम पहनाएंगे
झूमेंगे नाचेंगे और खुशियां मनाएंगे
के *Many Happy Returns of the day*
बाबा हैप्पी बर्थडे

रंगो और गुब्बारों से हम दरबार सजायेंगे
मेवे और मलाई का प्यारा केक बनाएंगे
चॉकलेट टॉफियां लाएंगे खुशियों के दीप जलाएंगे
छोटे छोटे हाथों से तुम्हे केक खिलाएंगे
झूमेंगे नाचेंगे और खुशियां मनाएंगे
के *Many Happy Returns of the day*
बाबा हैप्पी बर्थडे

स्वर्ग से देवी देव भी सेलिब्रेशन में आये हैं
अपने संग में बालाजी गिफ्ट पैक भी लाये हैं
उपहार प्रेम का जो लाये बाबा के मन को वो भाये
भजनो का एक पुष्प प्रभु चरणों में चढ़ाएंगे

झूमेंगे नाचेंगे और खुशियां मनाएंगे
के Many Happy Returns of the day
बाबा हैप्पी बर्थडे

6. सालासर के वीर हनुमान :-

जय सियाराम जय जय सियाराम
सालासर के वीर हनुमान

तेरी लीला अजब निराली बजरंगी हनुमान
होये तेरा क्या कहना .....
जो ले तेरा नाम हो गया उसका बेडा पार
होये तेरा क्या कहना .....

तेरे भरोसे बाबा चलती है मेरी नैया , तू ही खिवैया है
तू ना सुनेगा बाबा कौन सुनेगा मेरी तू ही खिवैया है
दीन दुखी दातारी है तू है सबसे बलवान
होये तेरा क्या कहना ....

दिल में बसा ले बाबा दिल से लगा ले बाबा तू ही दातारी है
तुम बिन जीवन मेरा कुछ भी नहीं है बाबा तू ही सुखकारी है
राम भक्त हनुमान राम का करते हैं गुणगान
होये तेरा क्या कहना ....

तेरे द्वार पे जो आया खाली ना जाने पाया तू ही दिलदार है
शीश जो हमने झुकाया माँगा जो वो वर पाया तू ही सरकार है
ऐसे महावीर से प्रीती लगा के एक बार देख

होये तेरा क्या कहना ....

तेरी लीला अजब निराली बजरंगी हनुमान
होये तेरा क्या कहना ....

7. *श्री राम जानकी बैठे हैं मेरे सीने में* :-

नहीं चलाओ बाण व्यंग के ऐ विभीषण,
ताना ना सेह पाऊं, क्यों तोड़ी है यह माला,
तुझे ए लंकापति बतलाऊं,
मुझ में भी है तुझ में भी है, सब में है समझाऊं,
ऐ लंका पति विभीषण ले देख मैं तुझ को आज दिखाऊं,

श्री राम जानकी बैठे हैं मेरे सीने में,
देख लो मेरे मन के नगिनें में ।

मुझ को कीर्ति न वैभव न यश चाहिए,
राम के नाम का मुझ को रस चाहिए ।
सुख मिले ऐसे अमृत को पीने में,
श्री राम जानकी बैठे हैं मेरे सीने में।

अनमोल कोई भी चीज मेरे काम की नहीं
दिखती अगर उसमे छवि सिया राम की नहीं

राम रसिया हूँ मैं, राम सुमिरन करू,
सिया राम का सदा ही मैं चिंतन करू।
सच्चा आंनंद है ऐसे जीने में श्री राम,
श्री राम जानकी बैठे हैं मेरे सीने में।

फाड़ सीना हैं सब को यह दिखला दिया,
भक्ति में हैं मस्ती बेधड़क दिखला दिया ।
कोई मस्ती ना सागर मीने में,
श्री राम जानकी बैठे हैं मेरे सीने में।

श्री राम जानकी बैठे हैं मेरे सीने में,
श्री राम जानकी बैठे हैं मेरे सीने में,
श्री राम जानकी बैठे हैं मेरे सीने में,
देख लो मेरे मन के नगिनें में
जय श्री राम

8. संकट के साथी को हनुमान कहते हैं :-

दुनिया के मालिक को भगवान कहते हैं,

संकट के साथी को हनुमान कहते हैं,

जब रिश्तेदार तुमसे मुखड़ा छुपाए,
हनुमान तेरा साथ निभाए,
हनुमान पकड़े दामन तुम्हारा,
पढ़ लो सारे वेद और पुराण कहते हैं,
संकट के साथी को हनुमान कहते हैं......

जो काम इसके वश में नहीं है,
एक काम हमको ऐसा बता दो,
हनुमान खुश हो जाएगा तुमसे,
बस इनको थोड़ा सिंदूर लगा दो,
दुनिया के सारे इंसान कहते हैं,
संकट के साथी को हनुमान कहते हैं........

दिल से जो इनकी भक्ति करेगा,
हनुमान उसका साथी बनेगा,
'बनवारी' जो भी शरण में रहेगा,
ये उसका बेड़ा पार करेगा,
इनके बारे में श्रीराम कहते हैं
संकट के साथी को हनुमान कहते हैं

9. मैं हक से कहती हूँ बाबा मेरा है :-

मैं हक से कहती हूँ बाबा मेरा है,
मुझे पग पग पे वो, देता सहारा है,
जब जब मैंने इसका नाम लिया,
लाल लंगोटे वाले ने थाम लिया है,
मैं हक़ से कहती हूँ बाबा मेरा है,
मुझे पग पग पे वो देता सहारा है।

कहने को तो यूँ सारे ही अपने हैं,
तेरी वजह से पूरे हुए हर सपने हैं,
जो कुछ है पास मेरे, वो सब तो तुम्हारा है,
मुझे पग पग पे वो देता सहारा है,

जब जब मैंने इसका नाम लिया,
लाल लंगोटे वाले ने थाम लिया है,
मैं हक़ से कहती हूँ बाबा मेरा है,
मुझे पग पग पे वो देता सहारा है।

हारे हुए को हर कोई बहलाता है,
केवल तू ही उनका साथ निभाता है,
जो थाम लिया तूने ,
कभी ना वो हारा है,
मुझे पग पग पे वो देता सहारा है,
जब जब मैंने इसका नाम लिया,
लाल लंगोटे वाले ने थाम लिया है,
मैं हक़ से कहती हूँ बाबा मेरा है,
मुझे पग पग पे वो देता सहारा है।

बाबुल जैसा मुझको तुमसे प्यार मिला,
मुझको समझने वाला,
कोई हक़दार मिला,
मेरे इस जीवन को,
तुम्ही ने सँवारा है,
मुझे पग पग पे वो देता सहारा है,
जब जब मैंने इसका नाम लिया,
लाल लंगोटे वाले ने थाम लिया है,
मैं हक़ से कहती हूँ बाबा मेरा है,
मुझे पग पग पे वो देता सहारा है।

10. *श्री राम का प्यारा हनुमान* :-

सिया वर रामचंद्र की जय
महाबली हनुमान की जय
राम लखना जानकी जय बोलो हनुमान की
जय बोलो हनुमान की जय बोलो हनुमान की

श्री राम की सेवा में रहे देखो आठों याम
ये अंजनी का लाल जापे एक यही नाम
रघुपति राघव राजा राम

श्री राम का प्यारा है ये सीता का दुलारा
इसने हर एक सांस पे सियाराम उच्चारा
सेवक है ये अनोखा जो करता नहीं आराम
ये अंजनी का लाल जापे एक यही नाम
रघुपति राघव राजा राम

सागर को लांघना हो या लंका को जलाना
पर्वत को उठाना हो या लक्ष्मण को बचाना
पल में मिटा दी मुश्किलें जितनी भी थी तमाम
ये अंजनी का लाल जापे एक यही नाम
रघुपति राघव राजा राम

11. <u>अंजनी का लाला रे भक्तो का रखवाला रे</u> :-

जिसने लिया तेरा आसरा

उसके संकट को हर डाला रे

अंजनी का लाला रे

भक्तो का रखवाला रे

जिसने लिया तेरा आसरा

उसके संकट को हर डाला रे

संकट मोचन नाम तिहारा

शंकर के अवतारी

दुष्टों का दिल भय से कांपे

सुन तेरी ललकार

हे दयालु हे कृपालु

तेरी महिमा अपरम्पार

अंजनी का लाला रे

भक्तो का रखवाला रे

सियाराम के सेवक बनकर

किये हो अद्भुत काम

लाँघ समंदर लंका उजाड़ी

लाये सिया पैगाम

संजीवन तुम लाये

गया रावण तुम से हार

अंजनी का लाला रे

भक्तो का रखवाला रे

ना जानू मै सेवा भक्ति

नहीं मुझे कोई ज्ञान

केवल हु मै शरण तुम्हारी

देदो मुझको ज्ञान

चरणों में रहू हर पल

दम निकले तो तेरे द्वार

अंजनी का लाला रे

भक्तो का रखवाला रे

12. आना पवन कुमार हमारे हरी कीर्तन में :-

आना पवन कुमार हमारे हरी कीर्तन में,

आना अंजनी के लाल हमारे हरी कीर्तन में,

आप भी आना संग में रामजी लाना,
लाना जनक दुलार हमारे हरी कीर्तन में,
आना अंजनी के लाल......

भरत जी को लाना लक्ष्मण जी को लाना,
लाना सब परिवार हमारे हरी कीर्तन में,
आना अंजनी के लाल......

कृष्ण जी को लाना और राधा जी को लाना,
लाना लखदातार हमारे हरी कीर्तन में,
आना अंजनी के लाल.....

शिव जी को लाना मैया जी को लाना,
लाना मदन मुरार हमारे हरी कीर्तन में,

आना अंजनी के लाल......

सुमति को लाना कुमति को हटाना,
करना बेड़ा पार हमारे हरी कीर्तन में,
आना अंजनी के लाल......

13. तेरे दर को मै छोड़ कहा जाऊं ना दूजा कोई :-

तेरे दर को मै छोड़ कहा जाऊं

ना दूजा कोई द्‌वार ना दिखे

तुझ बिन जीना भी क्या जीना

तेरा दर ही मेरा ठिकाना

हो तेरे दर को मै....

तेरा दर्शन जब मै पाऊ

दुनिया के गम भूल ही जाऊ

हो तेरे दर को मै....

इतनी कृपा बस हम पर कर दे

नाम तेरा गाऊ मुझे यही वर दे

हो तेरे दर को मै....

14. कूदे लंका में बजरंग बलि लिरिक्स :-

कूदे लंका में बजरंग बलि
मच गई खलीबली खलीबली।।

हे अंजना के लाला बाल ब्रम्हचारी ,
अग्नि लगा के है लंका उजाड़ी,
पल में सोने की लंका जली
मच गई खलीबली खलीबली।।

राम दूत बन के है लंका में आये,
रावण अभिमानी का मान घटाए,
हो घूमे लंका की हर इक गली,
मच गई खलीबली खलीबली।।

दशानंद सभा में इक बात ये कही है,
जो राम का नहीं वो किसी काम का नहीं है,
हां उनके चरणों में होगी भलि,
मच गई खलीबली खलीबली।।

15. जय हो पवन कुमार तोरी शक्ति है अपार :-

जय हो पवन कुमार तोरी शक्ति है अपार
हे बजरंगबली बिनती सुनले ले हमार

सुनले ले हमार बिनती सुनले ले हमार

तोरे दुवार मैं करथा गुहार
हे बजरंगबली बिनती सुनले ले हमार

सीता माता के पता ते लगाए
मूर्छित लखन बर संजीवन लाए
बज्र तोरे चोला सोहे बंधन तोला
बज्र तोरे चोला गदाधारी
रूद्र के अवतार तोरी शक्ति है अपार
हे बजरंगबली बिनती सुनले ले हमार

अशोक वाटिका लाके उजाड़े
पेहा अक्षयकुमार ला संग धाए

माता अंजनी के लाल दर्द तोला दो काल
माता अंजनी के लाल बाल ब्रम्हचारी
भक्ति है अपार वाह रे राम के दुलार
हे बजरंगबली बिनती सुनले ले हमार

सुनले ले हमार बिनती सुनले ले हमार
तोरे दुवार मैं करथा गुहार
हे बजरंगबली बिनती सुनले ले हमार

16. ये दीवाना राम का ये दीवाना :-

वीर बलवान का मेरे हनुमान का

रुतबा निराला है
चुटकी बजाये ये तो राम गुण गाये

जपता रहे राम का नाम
ये दीवाना राम का ये दीवाना

सेवक प्यारा बजरंग बाला

राम के धुन में रहमत वाला
भक्त शिरोमणि शिव अवतारी

दातारी माँ अंजनी लाला
बिगड़ी बनाये दुःख दर्द मिटाए

देता सुख चैन ये राम
ये दीवाना राम का ये दीवाना

राम सिया को दिल में बसाया

चिर के सीना दरश कराया
चाहत की परिभाषा इसने

बिच सभा में ही सीखलाया
रहे सदा मस्त सूर्य उदय हो या अस्त

तुझे ना दूजा काम
ये दीवाना राम का ये दीवाना

बल बुद्दी दातार है बाला
मारुती नंदन बडा दिल वाला
संकट मोचन मंगलकारी

संतो का है रख्वाला
ध्यान लगाये ओर बाला को मनाये

मै करू तुजे प्रणाम
ये दीवान राम का ये दीवान

वीर बलवान का मेरे हनुमान का

रुतबा निराला है
चुटकी बजाये ये तो राम गुण गाये

जपता रहे राम का नाम
ये दीवाना राम का ये दीवाना

17. <u>आगे बजरंगी नाचे</u> :-

आगे बजरंगी नाचे

पीछे भैरव झूम झूम नाचे

सिंघ पे सवार हुई दुर्गा भवानी

दोनों के बिच सजी मूरत सुहानी

आगे बजरंगी....

लाल लाल सिंदूर तन में लगाना

जी बजरंगी बाला

मन में रखे ना जरा भेद भैरवजी

तन है जो काला

काली लंगोटी में भैरव सुहाए

लाल लंगोटा हनुमान भाए

आगे बजरंगी....

ऊँची ऊचाई उड़े झूमे कूदे है

बजरंगी बाला

स्वान पे करते सवारी जो

देखो जी भैरव निराला

गोल गोल बजरंगी गदा घुमाये

भैरव के हाथो में मुघधर सुहाए

आगे बजरंगी....

मैया की मढिया में आगे बिराजे है

बजरंगी बाला

पीछे है भैरव का मंदिर मनोहर जो

फल देने वाला

ध्वजा चढ़ाके लो बजरंग मनाये

सेंदुर तेल दियो भैरव चढ़ाये

आगे बजरंगी....

18. मंगल मूर्ति राम दुलारे :-

मंगल मूर्ति राम दुलारे

आन पड़ा अब तेरे द्वारे

हे बजरंगबली हनुमान

हे महावीर करो कल्याण

मंगल मूर्ति राम दुलारे

तीनो लोग तेरा उजियारा

दुखीयो का तूने काज संवारा

हे जग वंदन केसरी नंदन

कष्ट हरो हे कृपा निधान

हे महावीर करो कल्याण

तेरे द्वारे जो भी आया

खाली नहीं कोई लौट आया

दुर्गम काज बनावल हारी

मंगलमय दीजो वरदान

हे महावीर करो कल्याण

तेरा सुमिरन हनुमत वीरा

नासे रोग हरे सब पीरा

राम लखन सीता मन बसिया

चरण पड़े का कीजे ध्यान

हे महावीर करो कल्याण

भक्ति की ज्योत जगा दो मन में

राम कृपा बरसे मेरे मन में

बल बुद्धि विद्या के दाता

हर लीजे मन का अज्ञान

हे महावीर करो कल्याण

मंगल मूर्ति राम दुलारे

आन पड़ा अब तेरे द्वारे

हे बजरंगबली हनुमान

हे महावीर करो कल्याण

हे महावीर करो कल्याण

19. <u>हनुमंत नाम सबसे अनमोल है जहाँ में</u> :-

हनुमंत नाम सबसे

अनमोल है जहाँ में

राजा हो या भिकारी

हर कोई दर पे आता

चरणों में तेरे झुककर

मन की मुराद पाता

नजरे करम की करना

करू ध्यान बाबा तेरा

हनुमंत नाम सबसे से...

भक्त कोई ना तुमसा

ना तुमसा कोई ज्ञानी

झुकती है सारी दुनिया

ऐसा है बलशाली

बिगड़ी बनाते बाबा

रहते सदा ही ध्यान में

हनुमंत नाम सबसे से .....

कण कण में तू बसा है

सब तुझमे ही समाये

मर्जी के बिन तुम्हारी

पत्ता भी हिल ना पाए

हम तो सदा ही गाये

हनुमानजी की शान में

20. छम छम नाचे देखो वीर हनुमाना :-

कहेते है लोग इसे राम का दीवाना ॥

पाँवो मे घुंगरू बाँध के नाचे ,
रामजी का नाम इन्हे बड़ा प्यारा लागे ।
राम ने भी देखो इसे खूब पहचाना,
छम छम नाचे देखो वीर हनुमाना

जहाँ जहाँ कीर्तन होता श्री राम का,
लगता है पहेरा वहाँ वीर हनुमान का ।
राम के चरण मे है इनका ठिकाना

छम छम देखो वीर हनुमाना ॥

नाच नाच प्रभु श्री राम को रिझवे,
'बनवारी' रात दिन नाचता ही जाए ।
भक्तो मे भक्त बड़ा, दुनिया ने माना,
छम छम नाचे देखो वीर हनुमाना ॥

21. यह प्रेम सदा भरपूर रहे हनुमान तुम्हारे चरणो में :-

यह प्रेम सदा भरपूर रहे

हनुमान तुम्हारे चरणो में

यह अर्ज मेरी मंजूर रहे

हनुमान तुम्हारे चरणो में

यह प्रेम सदा भरपूर रहे

यह प्रेम सदा भरपूर रहे

निज जीवन की यह डोर तुम्हे

सौपी है दया कर इसको धरो

उद्धार करो ये दास पड़ा

हनुमान तुम्हारे चरणों में

यह प्रेम सदा भरपूर रहे

संसार मै देखा सार नहीं

तभी चरणों की शरण गई

भवबन्ध कटे ये विनती है

हनुमान तुम्हारे चरणों मै

यह प्रेम सदा भरपूर रहे

आँखों में तुम्हारा रूप रमे

मन ध्यान तुम्हारे में मगन रहे

धन अर्पित निज सब कर्म करे

हनुमान तुम्हारे चरणों मै

यह प्रेम सदा भरपूर रहे

22. लाल लंगोटो हाथ मे घोटो :-

लाल लंगोटो हाथ मे घोटो,
थारी जय जो पवन कुमार,
मैं वारि जाऊँ बालाजी

शुभ दिन मंगलवार को
थारो भगत करे गुणगान ,
मैं वारि जाऊँ बालाजी।।

मेवा मिठाई चढ़े चूरमा

थारी कृपा होवे हनुमान

मैं वारि जाऊँ बालाजी।।

तेल सिंदूर चढ़े तन ऊपर,
पूजे मंगल और शनिवार,
मैं वारि जाऊँ बालाजी।।

चैत्र पूनम को आयो मेलो,
थारे आये भगत हजार,
मैं वारि जाऊँ बालाजी।।

लाल लंगोटो हाथ में घोटो,
थारी जय हो दीनदयाल,
मैं वारि जाऊँ बालाजी।।

23. भक्ति के रंग में रंगे हनुमान नज़र आये :-

भक्ति के रंग में रंगे,

हनुमान नज़र आये

चीर दिया सीना,

सियाराम नजर आए

रावण के बोल तीखे,

हनुमत को नही भाए

चीर दिया सीना

सियाराम नजर आए

सुग्रीव के संग वन में,

हनुमान जी मिले थे

यारी के फूल मन मे,

यही से ही खिले थे

बने पक्के यार दोनों,

दुनिया मे अमर पाए

चीर दिया सीना,

सियाराम नजर आए

रावण के वश से सींता,

हनुमान छुड़ा लाये

लक्ष्मण को लगी शक्ति,

श्री राम जी घबराए

वो पहाड़ उठा लाये

भक्त वीर कहलाये

चीर दिया सीना,

सियाराम नजर आए

24. <u>ऐसे बजरंग बाला</u> :-

लाल देह और लाल है चोला
मुखड़ा भोला भाला
ऐसे बजरंग बाला हो...

मां अंजनी का लाला,

शीश मुकुट है गदा हाथ में,
और गले में माला,

ऐसे बजरंग बाला....
मां अंजनी का लाला,

बजरंगबली के डर से

भूत प्रेत सब भाग जाते हैं,

इनकी कृपा हो जाये
सोये भाग फिर से जाग जाते है,

दूर करे सारा अँधियारा ,

लाये नया सवेरा

ऐसे बजरंग बाला..

करके छलावा रावन

ले गया था सीताजी को साथ रे

ला के खबरिया हनुमंत

बने रामजी के प्यारे दास रे

सोच समझ कर लंकापुरी को

तहस नहस कर डाला

ऐसे बजरंग बाला..

जब जब भी संकट में थे

परम कृपालु श्री रामजी

उसी राम नाम सहारे

हनुमान सवारे सारे काम जी

भक्त और भगवान का देखो

बंधन खूब निराला

ऐसे बजरंग बाला..

25. मंगल भवन अमंगल हारी :-

मंगल भवन अमंगल हारी,

द्रबहु सुदसरथ अजिर बिहारी
राम सिया राम

सिया राम जय जय राम

धीरज धरम मित्र अरु नारी
आपद काल परखिए चारी
राम सिया राम

सिया राम जय जय राम

रघुकुल रीत सदा चली आई
प्राण जाए पर वचन न जाई
राम सिया राम

सिया राम जय जय राम

हरि अनन्त हरि कथा अनन्ता
कहहि सुनहि बहुविधि सब संता
राम सिया राम

सिया राम जय जय राम

26. संकट ने घेरा हैं आज तेरा राम पुकारे रे :-

संकट ने घेरा हैं आज तेरा राम पुकारे रे,
आजा मेरे हनुमान ।
भाई की मूरछा को तोड़के प्राण बचा ले रे,
आजा मेरे हनुमान ॥

पापी ने धोखे से, शक्ति को दे मारा,
मूर्छित पड़ा देखो, कैसे लखन प्यारा ।
मेरी लाज तू आकर बचा, तेरा राम पुकारे रे,
आजा मेरे हनुमान ॥

माता को जाकर के, मैं क्या बताऊंगा,
दुनीया को अब कैसे मुखड़ा दिखाऊंगा ।
तुझे आँख में आंसू लिए तेरा राम पुकारे रे,
आजा मेरे हनुमान ॥

सूरज के उगने से, पहले चले आना,
वरना मुझे भी तू जिन्दा नहीं पाना ।
भाई का गम कैसे सहु, तेरा राम पुकारे रे,
आजा मेरे हनुमान ॥

तेरे राम को जब भी दुखड़ों ने घेरा हे,
आकर के तूने ही, यम से उभरा हे ।
अब 'हर्ष' क्यूँ देरी करे, तेरा राम पुकारे रे,
आजा मेरे हनुमान ॥

27. हे दुःख भन्जन मारुती नंदन :-

हे दुःख भन्जन मारुती नंदन

सुन लो मेरी पुकार

पवनसुत विनती बारम्बार

अष्ट सिद्धि नव निद्दी के दाता,

दुखिओं के तुम भाग्यविदाता

सियाराम के काज सवारे,

मेरा करो उधार

पवनसुत विनती बारम्बार

हे दुःख भन्जन, मारुती नंदन,

सुन लो मेरी पुकार

पवनसुत विनती बारम्बार

अपरम्पार है शक्ति तुम्हारी,

तुम पर रीझे अवधबिहारी

भक्ति भाव से ध्याऊं तुम्हे,

कर दुखों से पार

पवनसुत विनती बारम्बार

हे दुःख भन्जन, मारुती नंदन,

सुन लो मेरी पुकार

पवनसुत विनती बारम्बार

जपूं निरंतर नाम तिहरा,

अब नहीं छोड़ूं तेरा द्वारा

राम भक्त मोहे शरण मे लीजे

भव सागर से तार

पवनसुत विनती बारम्बार

हे दुःख भन्जन, मारुती नंदन,

सुन लो मेरी पुकार

पवनसुत विनती बारम्बार

28. सात समंदर लांघ के हनुमत लंकानगरी आ गए :-

सात समंदर लांघ के हनुमत लंकानगरी आ गए
हनुमत लंकानगरी आ गए

ऐसा किया कमाल देखकर लंकावासी डर गए
सात समंदर लांघ के हनुमत लंकानगरी आ गए
लँकापुर पहुंचे हनुमत जी, किया प्रभु का ध्यान
मात सिया को खोजे पवनसुत लंका में अनजान
असुरों संग बैठी

असुरों संग बैठी मेरी माँ ये देख क्रोध में आ गए
सात समंदर लांघ के हनुमत लंकानगरी आ गए
राम निशानी लिए पवनसुत पहुंचे माँ के पास
देख निशानी जनकनन्दिनी व्याकुल भई उदास
हनुमत मेरे प्राण

हनुमत मेरे प्राणनाथ को छोड़ कहाँ तुम आ गए
सात समंदर लांघ के हनुमत लंकानगरी आ गए
भूख लगी ले आज्ञा पवनसुत चले बगिया की और
तोड़ तोड़ फल खाने लगे और फैंके चारों और
देख तबाही

देख तबाही बगिया की रावण के सैनिक आ गए
सात समंदर लांघ के हनुमत लंकानगरी आ गए
बनाके बंदी रावण सन्मुख खूब किया अपमान
सहन हुआ नही रावण से लगवा दी पूंछ में आग

क्रोधित बजरंगी

क्रोधित बजरंगी लंका में आग लगाके आ गए
सात समंदर लांघ के हनुमत लंकानगरी आ गए
सात समंदर लांघ के हनुमत लंकानगरी आ गए
हनुमत लंकानगरी आ गए

ऐसा किया कमाल देखकर लंकावासी डर गए
सात समंदर लांघ के हनुमत लंकानगरी आ ग

29. <u>छोटा सा हनुमान चलावे गाड़ी सत्संग की</u> :-

छोटा सा हनुमान चलावे गाड़ी सत्संग की

चलावे गाड़ी सत्संग की

इस गाड़ी में बैठे गनपत जी

रिद्धि सिद्धि साथ चलावे गाड़ी सत्संग की

छोटा सा हनुमान चलावे गाड़ी सत्संग की

इस गाड़ी में बैठे शिव शंकर

देखो गौरा बैठी पास चलावे गाड़ी सत्संग की

छोटा सा हनुमान चलावे गाड़ी सत्संग की

इस गाड़ी में बैठे विष्णुजी

लक्ष्मी बैठी साथ चलावे गाड़ी सत्संग की

छोटा सा हनुमान चलावे गाड़ी सत्संग की

इस गाड़ी में बैठे रामजी

माँ सीता बैठी साथ चलावे गाड़ी सत्संग की

छोटा सा हनुमान चलावे गाड़ी सत्संग की

इस गाड़ी में बैठे मुरारी

या राधा रुखमन साथ चलावे गाड़ी सत्संग की

छोटा सा हनुमान चलावे गाड़ी सत्संग की

इस गाड़ी में बैठे गुरूजी

या संगत बैठी साथ चलावे गाड़ी सत्संग की

छोटा सा हनुमान चलावे गाड़ी सत्संग की

30. जो खेल गए प्राणो पे श्री राम के लिए :-

जो खेल गए प्राणो पे

जो खेल गए प्राणो पे श्री राम के लिए

इक बार तो हाथ उठा दो मेरे हनुमान के लिए

सागर को लांघ के इसने सीता का पता लगाया

प्रभु राम नाम का डंका जा कर लंका में बजाया

माता अंजनी की ऐसी...

माता अंजनी की ऐसी संतान के लिए

इक बार तो हाथ उठा दो मेरे हनुमान के लिए

लक्ष्मण को बचाने की जब सारी आशाएं टूटी

ये पवन वेग से जाकर लाए संजीवनी बूटी

पर्वत को उठाने वाले...

पर्वत को उठाने वाले बलवान के लिए

इक बार तो हाथ उठा दो मेरे हनुमान के लिए

विभीषण ने भक्ति पर जब आज है प्रशन उठाया

तो चीर के सीना अपना श्री राम का दर्श कराया

इस परम भक्त हनुमान...

इस परम भक्त हनुमान के सम्मान के लिए

इक बार तो हाथ उठा दो मेरे हनुमान के लिए

जो खेल गए प्राणो पे...

जो खेल गए प्राणो पे श्री राम के लिए

इक बार तो हाथ उठा दो मेरे हनुमान के लिए

31. आज बालाजी का किर्तन हमारे अंगना :-

आज बालाजी का किर्तन हमारे अंगना

हमारे अंगना हमारे अंगना

सुन कीर्तन को गणपति आये

गणपति आये संग रिद्धि सिद्धि लाये

आज लंगर बटेगा हमारे अंगना

आज बालाजी का किर्तन हमारे अंगना

सुन कीर्तन को ब्रम्हाजी आये

ब्रम्हाजी आये संग में सरस्वती को लाये

आज वेद पढ़ेंगे हमारे अंगना

आज बालाजी का किर्तन हमारे अंगना

सुन कीर्तन को विष्णुजी आये

विष्णुजी आये संग में लक्ष्मीजी को लाये

आज धन बरसेगा हमारे अंगना

आज बालाजी का किर्तन हमारे अंगना

सुन कीर्तन को भोलेजीजी आये

भोलेजी आये संग में पार्वती को लाये

आज डमरू बजेगा हमारे अंगना

आज बालाजी का किर्तन हमारे अंगना

सुन कीर्तन को कान्हाजी आये

कान्हाजी आये संग में राधाजी को लाये

आज मुरली बजेगी हमारे अंगना

आज बालाजी का किर्तन हमारे अंगना

सुन कीर्तन को भगत भी आये

भगत भी आये संग में ढोलक चिमटा लाये

आज रंग बरसेगा हमारे अंगना

आज बालाजी का किर्तन हमारे अंगना

32. <u>हवा में उड़ता जाये रे मेरा राम दुलारा</u> :-

अंजलि का लाला बड़ा मतवाला

हवा में उड़ता जाये रे मेरा राम दुलारा

एक दिन देखा मैंने अवधपुरी में

अवधपुरी में रामा अवधपुरी में

राम की लगन लगायी रे मेरा राम दुलारा

हवा में उड़ता जाये मेरा राम दुलारा

एक दिन देखा मैंने सुमिरो पर्वत पे

सुमिरो पर्वत पे रामा सुमिरो पर्वत पे

संजीवन बूटी लाये रे मेरा राम दुलारा

हवा में उड़ता जाये मेरा राम दुलारा

एक दिन देखा मैंने लंका पुरी में

लंकापुरी में रामा लंकापुरी में

सोने की लंका जलाये रे मेरा राम दुलारा

हवा में उड़ता जाये मेरा राम दुलारा

एक दिन देखा मैंने आकाशपुरी में

आकाशपुरी में रामा आकाशपुरी में

सूरज को निगल जो डाले रे मेरा राम दुलारा

हवा में उड़ता जाये मेरा राम दुलारा

33. राम पे जब जब विपदा आई कौन बना रखवाला :-

राम पे जब जब विपदा आई कौन बना रखवाला

मेरा बजरंग बाला हो मेरा बजरंग बाला

माता सिया को राम प्रभु से कौन मिलाने वाला

मेरा बजरंग बाला हो मेरा बजरंग बाला

जितने भी काम थे मुश्किल बजरंग के हिस्से आये

बजरंग के सिवा कोई सागर को लांघ ना पाए

रावण की सोने की लंका कौन जलाने वाला

मेरा बजरंग बाला हो मेरा बजरंग बाला

शक्ति लागी लक्ष्मण को और मूर्छा भारी आई

धरती पर देख लखन को जब रोने लगे रघुराई

संजीवन ला करके लखन को कौन बचाने वाला

मेरा बजरंग बाला हो मेरा बजरंग बाला

विभीषण ताना मारे बजरंग से सहा ना जाए

भक्ति कहते है किसको ये सबको ज्ञान कराये

भरी सभा में चिर के छाती कौन दिखाने वाला

मेरा बजरंग बाला हो मेरा बजरंग बाला

जो हनुमान ना होते ना होती राम कहानी

श्री राम प्रभु की महिमा घर घर ना जानी जाती

कहे पवन भक्ति का डंका कौन बजाने वाला

मेरा बजरंग बाला हो मेरा बजरंग बाला

34. <u>वीर हनुमाना अति बलवाना राम नाम रसियो रे</u>:-

वीर हनुमाना अति बलवाना,

राम नाम रसियो रे,

प्रभु मन बसियो रे

जो कोई आवे, अरज लगावे,

सबकी सुनियो रे,

प्रभु मन बसियो रे

॥ वीर हनुमाना अति बलवाना... ॥

बजरंग बाला फेरू थारी माला,

संकट हरियो रे,

प्रभु मन बसियो रे

॥ वीर हनुमाना अति बलवाना... ॥

ना कोई संगी, हाथ की तंगी,

जल्दी हरियो रे,

प्रभु मन बसियो रे

॥ वीर हनुमाना अति बलवाना... ॥

अर्जी हमारी, मर्ज़ी तुम्हारी,

कृपा करियो रे,

प्रभु मन बसियो रे

॥ वीर हनुमाना अति बलवाना... ॥

रामजी का प्यारा, सिया का दुलारा,

संकट हरियो रे,

प्रभु मन बसियो रे ।

॥ वीर हनुमाना अति बलवाना... ॥

वीर हनुमाना अति बलवाना,

राम नाम रसियो रे,

प्रभु मन बसियो रे

35. दुनिया में देव हजारो है बजरंगबली का क्या कहना :-

दुनिया में देव हजारो है
बजरंगबली का क्या कहना

इनकी भक्ति का क्या कहना

इनकी शक्ति का क्या कहना

दुनिया में देव हजारो है
बजरंगबली का क्या कहना

ये सात समुन्दर पार गए
माँता सीता की खोज किये

रावण को डराना क्या कहना
लंका को जलाना क्या कहना

दुनिया में देव हजारो है
बजरंगबली का क्या कहना

मेरे बालाजी के सिने में
सियाराम की मूरत रहती है

तुम राम भक्त हो क्या कहना
गुण गाये जमाना क्या कहना

दुनिया में देव हजारो है
बजरंगबली का क्या कहना

जब लक्ष्मण जी बेहोश हुए
संजीवनी बूटी लाने गए

पर्वत को उठाना क्या कहना
लक्ष्मण को बचाना क्या कहना

दुनिया में देव हजारो है
बजरंगबली का क्या कहना

दुनिया में देव हजारो है
बजरंगबली का क्या कहना

इनकी भक्ति का क्या कहना

इनकी शक्ति का क्या कहना

दुनिया में देव हजारो है

बजरंगबली का क्या कहना

36. मेरे मन बस गया है यो अंजनी का हनुमान :-

मेरे मन बस गया है यो अंजनी का हनुमान

अंजनी माँ का राज दुलारा

पवन पिता का पुत्र प्यारा

म्हारा से भगवान

मेरे मन बस गया है यो अंजनी का हनुमान

लाल लंगोटा हाथ में सोटा

यो मोटा से साहूकार

मेरे मन बस गया है यो अंजनी का हनुमान

मंगल का दिन शुभ का हो से

मिल्या अमर वरदान

मेरे मन बस गया है यो अंजनी का हनुमान

रामचन्द्र जी के तुम रखवारे

जा तोड़े लंका के ताले

कहे कृष्ण चंद्रभान

मेरे मन बस गया है यो अंजनी का हनुमान

37. तेरे चरणों में मै आ गया भजन :-

तेरे चरणों में मै आ गया

हनुमंता करदो दया तेरे चरणों में मै आ गया

घबराये मेरा जिया तेरे चरणों में मै आ गया

आ गया आ गया तेरे चरणों में मै आ गया

हर पल तुझको मै याद करता हु

कोई नाम आता नही

तुम्हारे ही दर से फिर भी मेरे सर से

कोई बोझ लेता नही

मारा हु मै गम का जन्मो का कर्मो का

तूने सबको प्यार है दिया

तेरे चरणों में मै आ गया

सुना नाम तेरा होगा काम मेरा

उम्मीदे लिए आ गया

कहे हर कोई तुने दुनिया बनायीं

कसूर मेरा क्या हो गया

पल पल का मारा हु भक्त मै तुम्हारा हु

सब को शरण दे दिया

तेरे चरणों में मै आ गया

कहे दास हरदम रखो हाथ सर पर

बनादो ये बिगड़ी मेरी

कमी पूरी होगी ये किस्मत खुलेगी

हो जाये ये मर्जी तेरी

कैसी कमी है मुझमे ये आंगन में जीवन में

तूने सबको प्यार है दिया

तेरे चरणों में मै आ गया

हनुमंता करदो दया तेरे चरणों में मै आ गया

घबराये मेरा जिया तेरे चरणों में मै आ गया

आ गया आ गया तेरे चरणों में मै आ गया

38. <u>तेरे चरणों में मै आ गया</u> :-

तेरे चरणों में मै आ गया

हनुमंता करदो दया तेरे चरणों में मै आ गया

घबराये मेरा जिया तेरे चरणों में मै आ गया

आ गया आ गया तेरे चरणों में मै आ गया

हर पल तुझको मै याद करता हु

कोई नाम आता नही

तुम्हारे ही दर से फिर भी मेरे सर से

कोई बोझ लेता नही

मारा हु मै गम का जन्मो का कर्मो का

तूने सबको प्यार है दिया

तेरे चरणों में मै आ गया

सुना नाम तेरा होगा काम मेरा

उम्मीदे लिए आ गया

कहे हर कोई तुने दुनिया बनायीं

कसूर मेरा क्या हो गया

पल पल का मारा हु भक्त मै तुम्हारा हु

सब को शरण दे दिया

तेरे चरणों में मै आ गया

कहे दास हरदम रखो हाथ सर पर

बनादो ये बिगड़ी मेरी

कमी पूरी होगी ये किस्मत खुलेगी

हो जाये ये मर्जी तेरी

कैसी कमी है मुझमे ये आंगन में जीवन में

तूने सबको प्यार है दिया

तेरे चरणों में मै आ गया

हनुमंता करदो दया तेरे चरणों में मै आ गया

घबराये मेरा जिया तेरे चरणों में मै आ गया

आ गया आ गया तेरे चरणों में मै आ गया

39. <u>मेरे बालाजी सरकार तेरा हो जाऊ</u> :-

शिव शंकर के अवतार मेरे बालाजी सरकार

दास तेरा हो जाऊ झूठी दुनिया का हु फ़िलहाल

झूठी दुनिया का हु फ़िलहाल मै तेरा हो जाऊ

कुछ ऐसा कर कमाल मै तेरा हो जाऊ

झूठी दुनिया का हु फ़िलहाल मै तेरा हो जाऊ

दुनिया के झूठे नाते मै छोड़ के आया हु

तू अपना सहारा दे दे दुनिया का सताया हु

मेरी सुनले दिन दयाल मै तेरा हो जाऊ

झूठी दुनिया का हु फ़िलहाल मै तेरा हो जाऊ

अपने भक्तो की सुनते तुम हनुमान कहाते हो

राम राम जो जपता उसे गले लगाते हो

माता अंजनी के लाल मै तेरा हो जाऊ

झूठी दुनिया का हु फ़िलहाल मै तेरा हो जाऊ

मेरी नैया डगमग डोले अब जल्दी आ जाओ

पकड़ो मेरी कलाई आकर पार लगा जाओ

मुझको को तुम लो संभाल मै तेरा हो जाऊ

40. दुःख में बन्दे ना घबराना :-

दुःख में बन्दे ना घबराना ना कर ऐसा वैसा

पढो हनुमान चालीसा पढो हनुमान चालीसा

जग में तेरा नाम बढेगा काम चलेगा ऐसा

पढो हनुमान चालीसा पढो हनुमान चालीसा

गणपत गुरु को ध्याले राम मनाले उसके बाद में हो

बल बुद्धि विध्या पाओ हनुमत के गुणगान से

संकट में तू ना घबराना मिल जायेगा रस्ता

पढो हनुमान चालीसा पढो हनुमान चालीसा

हनुमत की महिमा गो खुश हो जायेगी माँ जानकी

सीता जो खुश हो जाये किरपा करेंगे फिर राम जी

चरणों का तू ध्यान लगा क्यों मारा मारा फिरता

पढो हनुमान चालीसा पढो हनुमान चालीसा

फिकर तुझे फिर कैसी रावण सरीखे हैवान की

हर्ष मिलेगी तुझको कृपा दयालु हनुमान की

हनुमत की कृपा से यम का फंदा कटता

पढो हनुमान चालीसा पढो हनुमान चालीसा

दुःख में बन्दे ना घबराना ना कर ऐसा वैसा

पढो हनुमान चालीसा पढो हनुमान चालीसा

जग में तेरा नाम बढेगा काम चलेगा ऐसा

पढो हनुमान चालीसा पढो हनुमान चालीसा

41. <u>सोने के श्री राम चाँदी के मेरे बालाजी</u> :-

सोने के श्री राम चाँदी के मेरे बालाजी

सोने के श्री राम चाँदी के मेरे बालाजी

चाँदी के मेरे बालाजी चाँदी के मेरे बालाजी

सोने के श्री राम चाँदी के मेरे बालाजी

साँस ससुर मेरे रामजी को पूजे

मै पुजू हनुमान चाँदी के मेरे बालाजी

सोने के श्री राम चाँदी के मेरे बालाजी

जेठ जितनी मेरे रामजी को पूजे

मै पुजू हनुमान चाँदी के मेरे बालाजी

सोने के श्री राम चाँदी के मेरे बालाजी

देवर देवरानी मेरे रामजी को पूजे

मै पुजू हनुमान चाँदी के मेरे बालाजी

सोने के श्री राम चाँदी के मेरे बालाजी

ननद नंदोई मेरे रामजी को पूजे

मै पुजू हनुमान चाँदी के मेरे बालाजी

सोने के श्री राम चाँदी के मेरे बालाजी

42. <u>हनुमान लंका जला के चला है</u> :-

अरे लंका वालो दशानन से कहदो

के हनुमान लंका जला के चला है

चुराते हो सीता मैया को छल से

समझ लोबुराई अपनी बाला है

अरे लंका वालो दशानन से कहदो

के हनुमान लंका जला के चला है

उजाड़े है मैंने ये बाग़ सारे

संभल जाओ वरना जाओगे मारे

गदा से गिराये दानव हजारो

राम भक्त ऐलान करके चला है

अरे लंका वालो दशानन से कहदो

के हनुमान लंका जला के चला है

अहंकार छोडो ना जीवन गवाओ

यु बेवक्त अपनी मौत ना बुलाओ

करेगा तुम्हे भी बरबाद रावण

वो बरबाद तुमको करने चला है

अरे लंका वालो दशानन से कहदो

के हनुमान लंका जला के चला है

43. कैसे आयेंगे हनुमान हमने दिल नही बुलाया :-

कैसे आएंगे हनुमान कैसे आएंगे हनुमान

हमने दिल नही बुलाया कैसे आयेंगे हनुमान

लड्डू भोग नही लगाया क्या खायेंगे हनुमान

हमने दिल नही बुलाया कैसे आयेंगे हनुमान

कैसे आएंगे हनुमान कैसे आएंगे हनुमान

पवन पुत्र है पवन वेग से

इधर उधर वो रमते है

अंजनी लाल की लीला अपरम

राम राम बस जपते है

हमने श्रद्‌धा नही जगायी

कैसे आएंगे हनुमान

लड्डू भोग नही लगाया क्या खायेंगे हनुमान

हमने दिल नही बुलाया कैसे आयेंगे हनुमान

कैसे आएंगे हनुमान कैसे आएंगे हनुमान

मैया सीता के है दुलारे

जग में पूजे जाते है

संकट मोचक नाम है उनका

हर दिल को वोह भाते है

हमने मन में नही बसाया

कैसे आयंगे हनुमान

लड्डू भोग नही लगाया क्या खायेंगे हनुमान

हमने दिल नही बुलाया कैसे आयेंगे हनुमान

कैसे आएंगे हनुमान कैसे आएंगे हनुमान

लाल रोर के लाल रंग से

रंगे हमेशा रहते है

श्रद्धा के प्यासे हनुमत है

गदा साथ ले चलते है

अपना आंगन नही सजाया

कहाँ बैठेंगे हनुमान

लड्डू भोग नही लगाया क्या खायेंगे हनुमान

हमने दिल नही बुलाया कैसे आयेंगे हनुमान

कैसे आएंगे हनुमान कैसे आएंगे हनुमान

44. आ लौट के आजा हनुमान तुम्हे श्री राम बुलाते है :-

आ लौट के आजा हनुमान
तुम्हे श्री राम बुलाते है
लक्ष्मण के बचा ले तू प्राण
तुम्हे श्री राम बुलाते है
आ लौट के आजा हनुमान
तुम्हे श्री राम बुलाते है

गए पवन सूत लाने संजीवन
अब तक क्यों नही आये
सेनापति सुग्रीव पुकारे
नर बानर घबराये
सब लोग भये सुनसान
तुम्हे श्री राम बुलाते है
आ लौट के आजा हनुमान
तुम्हे श्री राम बुलाते है

कभी तडपते कभी बिलखते
जीभर के प्रभु रोते
आये लखन तुम
अपनी माँ के हो इकलौते बेटे
यु रुदन करत है महान
तुम्हे श्री राम बुलाते है
आ लौट के आजा हनुमान
तुम्हे श्री राम बुलाते है

बीत गयी सब रैन

घडी रही ना एक पल भी बाकि
देख देख के राह तुम्हारी
बैरन अंखिया तांकि
कहि उदय ना हो जाये घात
तुम्हे श्री राम बुलाते है
आ लौट के आजा हनुमान
तुम्हे श्री राम बुलाते है

रात समय हनुमान संजीवन
ले सेना में आये झूमर लाली
धन्य बजरंगी लक्ष्मण प्राण बचाए
तब जाग उठे बलवान
तुम्हे श्री राम बुलाते है
आ लौट के आजा हनुमान
तुम्हे श्री राम बुलाते है

आ लौट के आजा हनुमान
तुम्हे श्री राम बुलाते है
लक्ष्मण के बचा ले तू प्राण
तुम्हे श्री राम बुलाते है
आ लौट के आजा हनुमान
तुम्हे श्री राम बुलाते है

45. जय हो जय हो तुम्हारी जी बजरंग बली :-

जय हो जय हो तुम्हारी जी बजरंग बली

लेके शिव रूप आना गजब हो गया

त्रेतायुग में थे तुम आये द्वापर में भी

तेरा कलयुग में आना गजब गो गया

बचपन की कहानी निराली बड़ी

जब लगी भूख हनुमत मचलने लगे

फल समझ कर उड़े आप आकाश में

तेरा सूरज को खाना गजब हो गया

कूदे लंका में जब मच गयी खलबली
मारे चुनचुन कर असुरो को बजरंगबली
मारडाले अच्छो को पटककर वही
तेरा लंका जलाना गजब हो गया

आके शक्ति लगी जो लखनलाल को
राम जी देख रोये लखनलाल को
लेके संजीवन बूटी पवन वेग से
पूरा पर्वत उठाना गजब हो गया

जब विभीषण संग बैठे थे श्री राम जी
और चरनो में हाजिर थे हनुमान जी

सुन के ताना विभीषण का अंजनी के लाल

फाड़ सीना दिखाना गजब हो गया

जय हो जय हो तुम्हारी जी बजरंग बली

लेके शिव रूप आना गजब हो गया

त्रेतायुग में थे तुम आये द्वापर में भी

तेरा कलयुग में आना गजब गो गया

46. <u>हनुमान तुम्हारा क्या कहना</u> :-

कलयुग में सिद्ध हो देव तुम्ही

हनुमान तुम्हारा क्या कहना

तेरी भक्ति का क्या कहना

तेरी शक्ति का क्या कहना

सीता खोजकरी तुमने

सात समुंदर पार गये

लंका को किया शमशान प्रभु

बलवान तुम्हारा क्या कहना

तेरी भक्ति का क्या कहना..

जब लक्षमणजी को शक्ति लगी

तुम धौलागिर पर्वत लाये

लक्ष्मण को बचाए आ करके

तब प्राण तुम्हारा क्या कहना

तेरी भक्ति का क्या कहना..

तुम भक्त शिरोमणि हो जग में

तुम वीर शिरोमणि हो जग में

तेरे रोम रोम में बसते है

सियाराम तुम्हारा क्या कहना

तेरी भक्ति का क्या कहना..

कलयुग में सिद्ध हो देव तुम्ही

हनुमान तुम्हारा क्या कहना

तेरी भक्ति का क्या कहना

तेरी शक्ति का क्या कहना

47. दुनिया रचने वाले को भगवान कहते है :-

दुनिया रचने वाले को भगवान कहते है,
संकट हरने वाले को हनुमान कहते है |

हो जाते है जिसके अपने पराये
हनुमान उसको कंठ लगाये,
जब रूठ जाये संसार सारा
बजरंग बलि तब देते सहारा ,
अपने भक्तो का बजरंगी मान करते है
संकट हरने वाले को हनुमान कहते है|

दुनिया में काम कोई ऐसा नहीं है
हनुमानजी के जो बस में नहीं है,
जो चीज मांगो पल में मिलेगी
झोली ये खाली खुशियों से भरेगी ,
सच्चे मन से जो भी इनका ध्यान करते है
संकट हरने वाले को हनुमान कहते है |

कट जाये संकट इनकी शरण में
बैठ के देखो बजरंग के चरण में ,
भक्त की बातो को झूठ मत मानो
फिर ना फसोंगे तुम जीवन मरण में ,
इनके सिने में सदा सियाराम रहते है
संकट हरने वाले को हनुमान कहते है |

9798888152911

FCW - #0084 - 061026 - C0 - 216/140/10 - PB - 9798888152911 - Gloss Lamination